本週運勢

陳昌遠 著

目次

獻給迷失，迷茫，迷惘的人

1

你誕生的那一天
宇宙才剛剛擴張到這裡
地球微小
竟也擁有龐碩生命
面對方向未知的長夜
我們將億萬顆恆星構成星座
每個意識，都因此成了唯一
我們偏愛亮光物件，黑闇與冰
在雲端組建的世界噴發情緒熔岩

這宇宙或將歸於寂冷
但請記得
我們曾經田園春暖
我總是盼望你，安放現在的光
而明天，命運安好。

2

雖然火星離你極近，但在水星的眷顧下你不會有太壞的夢
或許有一場襖熱睡眠，或許你會枕在時間上感受焚燬
請相信一切都是好的，水瓶中必然有水，而射手有弓

情緒百般懸浮，此時不如出外走走
一座大動物園是很好的選擇
河馬與鱷魚都是幸運物，避開貓與狗
你愛的，不一定愛你

你恨的也總不放過你。必要時請斷尾
每個人的人生都有無數條尾巴
這是我們唯一幸運，卻又不幸的痛點

本週可能難受，請相信希望
吞下那趨光的蛾。

3

由於太陽的移轉，使得他的脖頸，在本週
有一段美好而溫柔的日光

然而對火箭來說，本週並不順遂
像在黃昏的發射台上失落了一節推進
感情與人際關係因此萎靡困頓
雖然仍有種種衝動，向著宇宙勃發
然而宇宙如海，黃道上泡沫噴濺

海的顏色可能帶來些微幸運，但請留意腳步
畢竟前方是礁岩而後方有浪

阻礙與追趕，都屬於黑闇

但不需退縮，請確信自己堅硬的部分
那執著的鉗，靈感的犄角。

4

齒輪受金星影響，將是扭力足夠的一週
在培林與輪軸之間你光澤而潤滑，但請注意口舌
言談中不當的變速，可能失去一些信任，與效率

請務必注意時間
尤其是你眼前有預言的操作盤

時間，在天球中心轉動星系，與黑闇摩擦生光
那些光，從億萬光年之外竄出

抵達你生活的此刻

這就是占星學了，一門以想像
構築命運的，堅定信仰
使我們對愛揣測，充滿懷疑

如果迷惘，請觸碰第十二首：
「再往前，就是全新的陸塊。」
如果迷茫，請觸碰第二首：

「請相信一切都是好的，水瓶中必然有水，而射手有弓。」

至於迷失，請觸碰第八首：

「我們的愛在本週非常完美。」

這些，都是我為了讓你穩定

特別安裝的

妥善預言。

5

幸運的數字已然來到眉心
請享受片刻安逸。土星在側
傾斜的環如框架使你安定
而木星，在另一側，帶著巨大的焦躁的斑
把世界的鐘
擺盪至你的耳後。然後是雙魚
行進至眼神中心，有些氣泡吞吐
然後是游移，左或右，前與後
思緒水般起伏，種種情感於心瓶內交融

這是複雜的星象，需要單純的解讀。月亮
已然來到你的手心

但切勿沉迷
本週：可能需要留戀以及留意
種種微小，也許清晨也許傍晚
有金星發散微光，這將令你決意或者延續
兩者都是交點，請保持冷靜，一如擁有禮儀
別讓情緒引誘你的指尖劃向東北
別讓手掌形成堅決的射手

請穩定自己心中的弦，請別拉弓
請別瞄向天蠍的心臟

也請不要妄斷本週運勢
我們都需要暗處容身，那最亮的星
往往干擾觀測
並且受到太多指涉。

6

也不是生來失敗
只是成功，像千萬顆潰縮的星

幸好它們的光都穿越深淵
前來陪伴你的命運

擁有意念，就感覺世界美好
就不願輕易放棄
使得一顆稀少的脈衝星

在內裡成形

事物凝聚的時刻
最適合安排一場聚會
當雲端有行星轉至左手香方位
就到茉莉花前，或者緬梔花下。

7

本週心情雷雨，時晴
雲層上諸多恆星運轉，卻與你的命運無關
深夜茫然龐碩，到晨起就空白心思
如果出門，請備妥本週幸運物：小紙條、斷水筆
雖然我幫你指定的幸運色
是新細明體黑

請了解所謂的提問以及拮抗，傾訴或者辯駁
如同半空交錯的雨絲，終將刺向地面

你必須溫柔對待每個字母，以及字根
他們是情緒的雙子，意義的天秤
本週請坦然伸掌，任掌心成為水瓶，傾聽聲響
泥土正竄出新芽，葉脈正承載宇宙。

8

運勢是透鏡，也是彈弓
當星體在情感中加速
在獅子的耳畔，你們將發現一顆小行星
命名，讓空洞的字，擁有安穩心跳

當眼眉成為沙灘
在暗夜平靜，幽微，泛光
巨蟹與魔羯依照時序浮出海面
整座海灣，必定能找到我們的水瓶

這必將迎來一次告白，請千萬不要著急
我們的愛在本週非常完美

急切與迷茫
是時間給予我們的
永恆敵人。

9

白羊柔順的毛髮，使你在深夜有一場異夢
日子長久，毛衣在衣櫃裡細細地折舊
穿衣的時候，就想起一雙手整理領口的溫度
你的毛團仍會糾結，滾動
仍要尋找金星的針，土星的環
粗劣的織品是你的幸運物
請感受種種磨擦。

10

太陽再次回到應有的方位
戀人的鼻樑，因此有了冷靜的疵點
愛情總是驕傲貓科，溫柔爪牙
本週需要的，是一灘水般危險的小小休憩

你的專注讓你發現一尾帶毒的蠍
在那人獨特的腿上
緩緩曲張。但無須恐懼，儘管本週
我們都走到了人生岔口

金牛的昂揚使你憂心，徘徊於選擇，或被選擇
命運往往擁有巨大質量
可見光裡的行人，以漩渦的姿態
持續被捲入更大的漩渦
他們胸膛厚實堅硬，隱藏著
鏽蝕的肋骨，無膏無黃的現實，以及
不再為誰鼓脹的心跳

請向前行，繼續觀測，他離群的眼眸，如同深空

黑闇中也許一個閃爍，就為你誕生億萬星系。

11

告別眷戀的人，最好搭乘最慢的車
最快的決定，往往是最壞的主意

車燈穿過大雨，大雨穿過深夜車窗
彷彿群星滑過鏡面
這讓你突然意會：有些距離
必須以時間丈量

情感是一把抽象的尺

恨意使之更為具體，精準
你乾脆就為一顆心打上一根釘
確保萬事萬物擁有虛擬的水平。

12

疲累的飛禽在本週的桅杆上歇息
牠的翅翼向晚，如你收斂的語氣
雨雲在南，黃昏在西，捲入與墜落

寂寞，是星圖內
不可見但可推論的伴星

請轉向，請背離所有星芒，穿越莽動的潮流
再往前，就是全新的陸塊。

13

我們都面向懸崖
在那植物也消頽的山中
尖碎石子
磨著我們的腳趾
眼神埋入熱燙雲端
想起彼時，我們都曾是沙裡
被晒亮的星
可如今我們暗了

像走遠的彗星，像無人躺臥的黑色沙灘

畢竟，所有的雲端，都愛戴白色
那代表著一個年紀的純粹

意義，是一座新挖的礦坑
逼迫我們深入
更深的自己。

14

本週是菸與時間，你燃著產著灰，渲染焦油色系
沒有更多挫折，可以令你喪盡
亦沒有更多氧，可以奮起火光

有那麼多次你是捏皺的籤
命運要捲，煙霧要漫過房間
有那麼多事你是無熱的物
是確定被完成的一個結論
一句被違背的諾言

因此你寧願採信預言
當他說出他的星座，盼你有通盤了解
然而對於準確度，你們都有心理準備。

15

面對宇宙
第一寂寞的事，莫過於
在眾多預言裡
找到自己的定理

至於第二寂寞
則是找不到自己的模樣。

16

諸多訊息交織空間，諸多
想像，正決定以指尖
抵達時間

我們是無鱗的魚，漫遊的本週
可能輕脆如瓶摔落，可能易感煩躁
可能緊握：破碎亮面、王冠水花
這將讓你覺察：世界對你冷酷
但卻溫柔善待另一個人

這令你感覺美好。倒退的日子
最適合澆鑄含鐵的核。

17

我們的信仰不夠給另一個人用
我們所信任的眾人
與所嚮往的眾神
已然來到十字路口

他們說愛以及其他
其他反復死活，或者不管
或者宇宙如何云云

然而眾星恆常的不過微秒
本週可能會有流星
即將雨過充滿熱量的南方

然而我們仍想在雲下占星
仍想以指尖
記載運勢的種種

命運的資料庫已然上傳雲端
或許現在該去下載。

18

冷熱都有觸面
因此必須極其熱愛鍵盤的QWER
或者還有F與J
因為它們總是定位準確
給你超越任何預言的
不偏移的信賴

本週若在桌前，不妨尋找常見生活用語
巨大的暗示，往往在單據與文件中

在標籤與螢幕中
要你也成為暗示的協助工作者

請謹記千萬年前
必然曾有一群猿猴對著石壁思考，發愁
當牠們刻鑿
就讓這個宇宙在隨機的指令裡
擁有誕生文學的可能
我所愛的：當我推測，這宇宙的某一顆行星上

可能存在跟我一樣的猿猴
這時，牠或許已經透過ＡＩ編寫詩句
上傳到一顆小行星上
等著與我互文。

19

你所艷羨的正在綻放
本週，他的年紀是草木扶疏的
是可以隨興為誰栽植的，墾荒的
是可以隨意認養一塊地
又或放養一條魚
卻不提供必要的陽光，空氣，水

當你發現秋季的星圖彷彿掌紋
你便懂得安撫
狗，以及貓，並觀察他們的等待

是如何繁殖雲層，餵養陰影
培養適度的冷熱，以及適時的姿態

每一款運勢都只是一種流行
讓我們愛上情節與口吻
愛上髮梢，愛上眼神
愛上指尖徘徊的放電
我們愛上層樓，愛上層樓[1]
而為誰修辭，為誰鍊字
又該為誰，造多情的句子

本週，我們的文明存儲於雲端
時晴時雨，或睡或醒
一切意義，皆被點擊、拖曳、游歷
這是渴求新詞的時代
不說點謊，就得不到愛
因此，請試著變得矯情。

註1：宋・辛棄疾〈醜奴兒・書博山道中壁〉

20

這現代這麼多發話
竟然全都企圖以最佳速率
遠離真理

我們所信賴的詞物彷彿恆定
實則變動快速，例如誓言
或者背對眾神的
無心的，一句回話

傾聽，像果敢的種子
突然就以葉脈拍打出季節的聲響。

21

仰望夜的動態
發現所能觸及的星
都已充滿數學規律

宇宙虛擬，運算星雲的稠密
遠遠大過肉體原子數的總和

你一生為世界說話
有時留下人事時地物

有時製造一點石英來磨耗玻璃

你活著的每一天
都在面對新來訊息
你研究一顆彗星
是如何從人類尚未誕生的時刻
決定前來的軌跡

但明天，你又必須務實
決定該點一碗飯，還是一碗麵

用餐時拿起手機
把許多消息看過又忘記
忘記的速度，幾乎等於昨夜片段的夢。

22

宜謹守，如裸身躺在光亮磁磚
冰冷是堅硬的，拋棄也是
你看見光
就覺得自己好暗，這讓某人
在思念裡發亮
你渴，你欠缺定情物
那或許是一把黑傘
但此刻不是雨水來臨的時候
你的恨

讓每一座水庫都裸露

水氣與鋒面來臨
整條街的七里香都滿開
這讓你憧憬一切
卻又在愛與穀物間，無可妥協

土壤再次旱裂，裂縫中
雜草再次開花結籽
請力抗憂傷鼻息，想像自身

有岩層
正準備堆疊出時間。

23

昨夜片段的夢
是有人告訴你，他已經出生
在某個沒有雲端
需要雕刻一封長信
才能躍過歐特雲團的時代

你也曾經架構微塵般的宇宙
取來新造齒輪、灌漿模具
細碎石粒經過篩網晃盪

掉落詞句的漿泥，攪拌精鍊的配比

他們曾說封閉的盒、網頁或租來的一個家
有物質反覆崩解，又疊加成不相干的
唯有譬喻才能連結的事物
你便厭倦，觀測動態的夜
又閃爍了多少個需要命名的星座

運勢，是不斷擴張的星圖
但你不懂運算

只能點擊，仰望，遵守按鍵的規律
到雲端瀏覽一間間宇宙的新成屋。

24

本週你翻閱雲端，適應最新演算法
法則，往往是命運的枯葉
葉脈在本週有一段舒展的時間
時間，使你習練在袖中隱藏情懷的香氣
氣息的消逝代表離別
離別，對任何星座從不寬待

就等待。本週有愛恨如一棵奇樹[2]伸展枝椏
真相有所思，謊言有其枝節。

註2：《古詩十九首》之〈庭中有奇樹〉

25

白羊已啃光了山丘
本週有上坡路
讓每個蹄印都無比艱難

我們以星座簡略自己
還要用繁複構句，推算命運
用刻意真誠的手掌
將意識揉入深沉的宇宙

在另一個宇宙，那幽闃的海水上
有貨輪靜靜錨定
深水下他的意志沉落
略略勾住一顆衰弱的孤星

本週還不到靠岸的時候
命運無港，而人生總有關口
開闊的淺水區有藻類螢螢爍爍
請繼續懷抱所有。

26

太陽如常沉而復昇，如企盼死而復活
月亮再次抵達魔羯，但天王星仍隱
本週他的感性，隱於琴弦，使得一隻口渴的鳥
以些微動搖的姿態停駐星盤的某個方位

本週的運勢將在理性上，曖曖難解

我們所知見的，往往和預示相違
如同每一對羊角，皆擁有他們獨特的螺旋

螺旋：星盤上可見光的軌跡。當天球轉動
日復一日轉動在猶豫的某刻

我們所欲求、所欲測的，都不在我們的掌心

然而無須遺憾。本週可能有歌
歌中詞語呢呢喃喃，使得眾星繼續衍生
使得火箭獲得更多推進
讓一個宇宙，因此有了繼續擴張的可能。

27

世界仍持續製造眾多象徵
鎮日運轉的工廠
是你的幸運處所
本週是一條生產線必須待命

每一種優點，以及缺陷
都足以證明我們是完整的人

儘管一切尖然，命運如釘被鎚鎚敲入
鋼冷的日子，你有毛團蜷縮角落
你有齒輪一齒一齒緊咬生活

倦極時請別觀星
他們在黃道上發散扭力
彷彿鎖死整個宇宙。

28

你在視窗裡
化為一次點擊
在一點一億次的
Mama, just killed a man
二點三億次的 Hey Jude
八點九億次的 Billie Jean
那些流行時光
是成為經典？還是幻夢？

九點一億次 It’s My life
當他們吼叫，問了九點七億次的狐狸怎麼叫
十一億次 Take on me
就帶來更多的笑與美好

這是不是一種暗示：
我們擁有太多衰敗？

你還沒想清楚
雲端就自動播放三十三億次的 Sugar 與 Sorry

想愛與不愛，富有與貧窮
總是恆久存在

我們習慣用數據展現存在
在三十九億次江南Style
四十億次Uptown Funk
用一時快樂
來知道什麼是一直不快樂
五十一億次Shape of You

七十一億次 Despacito
影像裡那麼多晃動都是暖的，還隱約喝到一點點冰
當你發現有那麼多人
曾經唱過同一首歌

螢幕的光讓世界成為暗房
我們集聚，為了顯影
數據的宇宙歡呼
煙火，派對，舞步，情緒的排場
都濃縮在一小塊方框裡

你就跟著演算法
到下一個時代的星圖裡
假裝自己存在，並參與
或者孤單留言：
「這是二零二一年，還在看，還在聽的，請舉手！」
像走了幾千光年的探測器
突然傳訊問地球：你還在嗎？

還在！我們一再，舉起手指
Baby Shark, doo doo doo doo doo doo

像畫與電影
神與人類，人類與外星人
這雲端的第一次點擊
該是在動物園[3]
那幾乎是演算法的隱喻了。

——寫於二零二零年跨年夜。

註3：YouTube第一支影片，為創辦人之一的Jawed Karim於聖地牙哥動物園所拍攝，長度十九秒，標題為〈我在動物園〉（Me at the zoo），背景有二頭大象。

29

關於這樣的問題：
「他的心到底是什麼做的他到底是什麼星座的？」
我們永遠沒有答案
但可以製造解釋
我們習於應用邏輯
以及定論，推演複雜的情感
關於他的心
我猜想該有幾組齒輪
一些機率，岩層，砂糖

一些層層疊疊，頻頻慣慣的生活習性
我揣測：他可能是無神論者，不太相信
運勢，星座，他的掌心沒有種子
你不該給他眼淚應該給他
更多土壤或是螢光，我推斷：
本週他必須在你的大氣中
燃燒，磨耗他的表皮
因為欲望是一種火箭
偶而跌宕，發射失敗、爆炸
如壁虎，因為牆、玻璃

因為詞物：光、蛾等等緣故而墜落
我這麼假設：這一週的宇宙未定
你與他之間仍有多重可能

至於他是什麼星座，根據你與他的距離
可以知道他有牛的胃
羊的齒，偏好草食，蕨或藤蔓
他時時卑怯而動物於群體
逐潮流而居他有水的面相
風的指節，火的毛髮，土的氣息

善於盛載髒或其他，卻如瓶光潔
並且不愛泥灘，他愛的是
角質與螺旋，耽溺，常掙扎
在兩種性質的界線上，不太決絕
有著兩種表情
一種懂得瞄準，抗拉，擁有彈力
而另一種則偏好慵懶
在陰影中備妥爪子
但不願爬搔，口語俐落
又用詞天真，太過孩子

所以不用緊張，你們的初次相處或者衝突
就該衡量彼此高低，這邊說的不是身高
體型、個性等等，而是方向、輕重之類
你與他的不同
將在相處中形成蟹的剪力
使你們變成擱淺的魚

如果思緒仍無重心
就請隨意翻閱本週運勢

但請謹記
宇宙怕黑，所以光點億萬
黑闇中每一種運勢
都充滿差錯。

30

有些對的，很需要錯
有時你感謝命運錯開一些厄
有時你恨恨地睡，準時，極不情願
一條或者上百條準繩
將肢驅綑綁於時間
人類，總是需要像一篇占卜那樣錯得離譜
才讓某個音符：一句話
可以對得出奇

出奇的是——你寧願相信準時的人
理性，有準心，並且預鑄般精確
本週他必定出現於該地
然而愛情仍在交通
斑馬線上滿滿的斑馬。

31

我們是一體成型的
兩面人
我們有愛恨這兩位情人。

32

微物與微悟是好的
有瓶可傾注，也是好的
有所衡量，是好的
但別在天秤上擺放所有

不做砝碼是好的，如同獅子
不在籠裡而蠍子不在箱內
是好的，身處草原、沙丘、岩縫
或者當一座擁有羊群的小山丘也不錯

到坡上領略月光，是好的
在燈泡下做夢也是好的
可以擁有兩種面貌，起點與終點
但不應該說反向的話

一條魚那樣游過是好的
妄想成為一群則不好
敢於追獵種種都是好的
但不該盲目地拉弓

上半身與下半身同步是好的
雖然不一致是難免
偶爾心一橫是好的
一身硬殼最好不要

只要是初次，都是好的
喜歡又感覺幸運，請不避免下一次
睡前能感受他人不幸是好的
缺乏同理，也並非不道德

牛般勤懇總是好的，而情緒暴衝某一顆紅巨星也無妨最好能夠反芻，本週請把思維細細磨過。

33

由於曾在一條路上走得長久，讓本週
成為一雙妥適的鞋
再過去是懂雨的年紀
黃道上必將有一把完整的傘
以及適量青苔。

34

雲端消息放送
幾場愛情，八卦，疫情與戰爭
話語在螢幕裡星團迸散，恆星噴發
你喜歡眾人推測的檸檬氣泡
淡黃色，像下午三點光線
薄荷葉，九層塔，左手香都有乾爽的綠
臨睡前，想起窗台上有鳥棄巢
憂愁一點點起來
困頓如卵，產在黑闇

破殼出慚愧的翅，哀怨的喙
但眼神有月
有充滿光點的夜

悲觀與樂觀，是我們雙生的孩子
天幕上他們睜開雙眼
準備在明天
長大成人。

35

喜與喪都來臨的日子
精神軟綿，肉體鑽出骨刺
你看輕每一根草尖
遠方泥岩上竹林一片
趁著風來，遙遙指涉一顆六等星

手指探入虛擬天球
你將一顆紅巨星撥弄成黑洞
射線發散

你便感覺所有污垢
在星圖上都連結成乾淨的夜

輕聲草擬預言，打開水龍頭
讓流水如一道銀河
才發現每一棟小公寓的洗手台裡
都住滿巨大的
聽潮的蟹。

36

【心理測驗】

本週是選擇題。請問下列何者正確且你願意：

(1) 你是上帝不拋擲的骰子[4]

(2) 你是骰子，也是上帝，你不懂拋擲

(3) 你是上帝，你不拋擲我這顆骰子

(4) 你拋擲一顆上帝不擲的骰子

(5) 你拋擲上帝，成為骰子
(6) 你拒絕做心理測驗你認為我褻瀆
(7) 你透過拋擲骰子決定選項
(8) 比起愛因斯坦你更相信骰子
(9) 比起相信骰子你更相信上帝
(10) 比起相信上帝你更相信愛因斯坦
(11) 以上皆是
(12) 以上皆非

生而為人的憂慮

是不選擇與不被選擇
也成為一種選擇
是不決定，與不被決定
也將成為一個決定。

註4：愛因斯坦：「上帝不擲骰子。」

37

順著銀心前往夜的內裡
昨日還為一個不確定著急
想著遇見的誰，那手腕上可觀測的小土星
髮線裡藻荇螢然

月亮鎖片，放在鎖骨方位
耳畔鈴鈴，有貝木懸垂
我所愛的：幸運，是有詞物

陪著你
給你堅定誓言。

38

我們入睡後
繼續談論菸癮，酒精
談論夢與咖啡因
談論歪曲復歪曲的話題
談論謎題，還有謎底
它們與我們一同生活
親密而陌生，如離家的孩子

我們談論意念

例如胚胎成形
例如符碼，由簡至繁
從虛無，乃至存在
我們談論命運，婚姻
談論如何成為一無所有的人
懂得很多死法
卻選擇一種存在
存在並且行走
走好遠的路，離開自己
離開幾個一輩子不愛也不恨的人

我們談論成長
談論怎麼長大才好
談論成年後，才懂得何謂長大
媽媽說，每一種物品都有它的位置
我們談論安放自己

安放自己，在時間面前
仍可以保持靜默
像一杯水可以冷可以熱

或是曾經冷曾經熱
曾經，我們心中都有一個位置
可以談論那些空白
談論那些黑得可以反光的事
遙遠的宇宙有黑洞好深好深
我們談論距離，談論新生的星系
談論我們相對於彼此
是一無所知的人
因此，我們出生

並約定要好好長大。

39

那時你把照片標記十二月
屋內沒有星體運行
唯螢幕在掌間發光，冬夜
因孤寂更需要熱能的冬夜
一千萬顆資訊彗星
擦敲你大氣中低垂的眼神
重要的星圖缺了重要的星座
緊抓光子的黑闇在意識裡持續下墜
晨光，讓屬於昨天的一切成為持續更新的明日再觸碰是一月，一種逼近無助的懊悔，對時間。

你讓未來有更多時間標記
舊日反覆顯影，提醒現在面對的
是一生只有一次的一月
恆星的齒輪在夜的盡頭懸著轉著
虛擬宇宙的鋼骨一根根都搭建得比鐵皮屋頂的金星更崇高
晚間用餐，發現還沒吃下足量訊號
雲端裡眾多浪花，你在浪裡
成為一顆不斷裂解的微粒。

四月熱照，你把自己存入冰冷盒子裡
時間一直是個盒子，你在內裡，抬頭面對無盡平面
重要的星圖缺了重要的星座
於是感覺一切更不可解
於是依賴演算法帶你前往多重宇宙
一座座主城市在藍光裡運作，一千萬顆孤寂光點
依序分配各個衛星城市
存在的座標不斷上傳
日光照度，空氣淨度，甚至連人的寂寞與痛苦度

都已經是明確的數字。

打從誕生就習慣成為數據
習慣修正畫面裡的像素
例如一座山，一朵雲，或者一個人
乃至一千萬人發生的錯誤
打從誕生就習慣相同的動作：讓一個按鍵
在一秒間落下，創造一個關鍵字
來發動一千萬條即時訊息
重要的星圖缺了重要的星座，你便組造

看火箭在慾望裡發射，怪手破壞岩層
明白宇宙的誕生來自膨脹
每一顆看得見的星，都曾是某一種生物的太陽
但億萬顆恆星，在星圖裡
卻只是簡單的記號。

當一個善良人，為何時時觸碰黑闇？
是人生第一次面對選擇
是人生最後一次
仍然必須面對選擇

是仰望時，有無量大數的隨機
準備強制運算一個小數
眾多符碼如恆星死前最後一道輻射
一個個按鍵如常按下，讓一千萬個按鍵
也依照指令被按下
每個人都是急速運轉的行星
透過按鍵連結一千個人
來發動一千萬個建議事項
觀星工具裡閃爍億萬次的質疑，貶低，批判
繼續活著，就必須面對更多天體

解說你的工作運金錢運愛情運
我在這裡，他在這裡
一千萬條曲線構成虛擬天球
以為終於掌握可觀測的宇宙
然而更陌生的宇宙
已在另一群人的手掌中，批量生成。

那時我喜歡十一月，因為街邊野草
在寒氣裡以尖端指著某一顆星
每一頭飛禽在誕生時就擁有辨識星座的基因

說起來人何嘗不是？
眼神有葉脈運作日光，身軀有枝節控制力的轉換
雙手向上抓取可見的，也盼望抓取
更多不可見的：一些錯覺，一捆充滿雜音的思緒
一串無關命運的訊號
雖厭恨表面人格，卻只能繼續依賴
繼續寄託希望，在一個確切的解答。
明天必定充滿迷失，指尖仍要尋找
一個可觸碰的方位

直到數字讓人感覺極限
只能期待
有人向你說愛
準確，並且不在意效能與流量的愛。

當機率帶來虛幻，侵入現實
我便察覺現實成為虛幻
只盼望如岩層擁有堅定意志
不斷挑戰時間的壓制
五月的迷惘就停留在五月

至於六月就獻給六月的描述
如果真有所謂真實描述
關於你我，關於活著這件事如何與周邊作動
虛擬的力量正發展它的暴力
運算到底的暴力
讓每一雙手掌，每一個指尖，每一個眼神
都以為自身正試圖觸碰一個永恆。
我總是感到悲哀，並試圖喜歡這種情緒
眼神即便充滿恨意

但仍有星光不斷挪移
眼前的鍵盤已準備好符號與按鍵在那等待
但我沒有詩句可編寫一個比虛擬更為虛擬的星象
重要的星圖缺了重要的星座，當這句話繼續重複
從時間到我的指尖
就讓假設，留存在這裡
就讓答案，沉淪在這裡

在迷失的內裡
迷茫的內裡
迷惘的內裡。

40

世界會亮
如果有時間
如果有誰，向你說一種需要
請給他。

後記

對宇宙來說微不足道的事

寫這篇後記的當下，許多想像如一顆顆新生的恆星。例如，這個宇宙有無量大數的星團與黑洞，不斷彼此牽引繞行。黑洞高速吸納，每一個星團都有難以計數的星系不斷旋轉。這些星系中，有諸多恆星以不同的生命周期，帶著行星不斷向前螺旋。於是，活在地球上的我，雖然現在是很安靜到近乎停止的狀態坐在這裡想著詩，但其實正以高速在宇宙中漩渦著。這引來許多問題：我最後會到哪裡？我看不見卻又知道其存在的周邊事物，又會到哪裡？我與周邊事物，彼此間有什麼聯繫？又發生什麼連動？或者，這一切只是虛擬投影？

這些想像，構成無解也無限的問答。當我思考這些問答有無必要時，也意識到一個問題：為這些問答寫詩有沒有必要？對這個宇宙來說，我跟我的詩都微不足道，但那又怎樣？我對宇宙來說不重要，這個宇宙對我也不重要。

但是詩對我，我對詩，都很重要。

我想像每個人都是一顆不斷運動的行星，有著自己的可觀測宇宙，以及內在宇宙。於是所謂的生活可以視為不斷經歷著天文現象。那些活著就必定經歷的愛恨糾葛，狂喜極怒大哀小樂，說起來，都是一次次的大霹靂。

於是就寫了詩集《本週運勢》。本，為我。週，為周邊。我與周邊的牽引、連結、作用、干涉，構成運勢。我們談運勢，往往是推論未來，但對我來說，運勢是總結過去，以及觀測現在的自己。運勢是一個舊有紀錄，類似日誌。

因此《本週運勢》記載的，是該文本從第一首詩誕生後的所思所想，流水帳般的記憶。這些記憶，經歷雲端宇宙飛速擴張的時間。我嘗試模仿星座的語言模式，拆解，再重組為屬於我、預言性質的詩語言，描述面對雲端宇宙的迷失、迷茫，與迷惘。

第一首詩（並非本詩集的第一首）誕生於二零一四年七月二十日，是巨蟹座，其後寫成五十一節的長詩，開始每年十多首的速度，一路擴張到二零二三年，成詩約兩百多首。

由於變成只是為寫而寫，我陷入不知道該如何處理這份詩稿的困境。為此我付費聘請詩人鄒政翰擔任這本詩集的文學顧問。政翰為我分析這兩百多首詩，提供我意見，並進行三次面談（有點像心理諮商，只是討論的是寫詩困境），過程中依政翰要求又新寫二十多首，編了二個版本，其後我回探寫這本詩集的初心，完成現在的版本。詩集的最後一首，原本是大量廢棄詩句的其中幾行，政翰巧手擷取，安排在結尾，成了這本詩集編修過程中最好的結尾詩，在此特別感謝他。

編一本詩集，像製造一個微小宇宙。這本詩集經歷太多次生滅，現在穩定下來，我希望這些詩在裡頭過得安好，並期待有眼神對它們進行觀測。當它們受到觀測，有了干涉，就有了擴張與進化的可能。

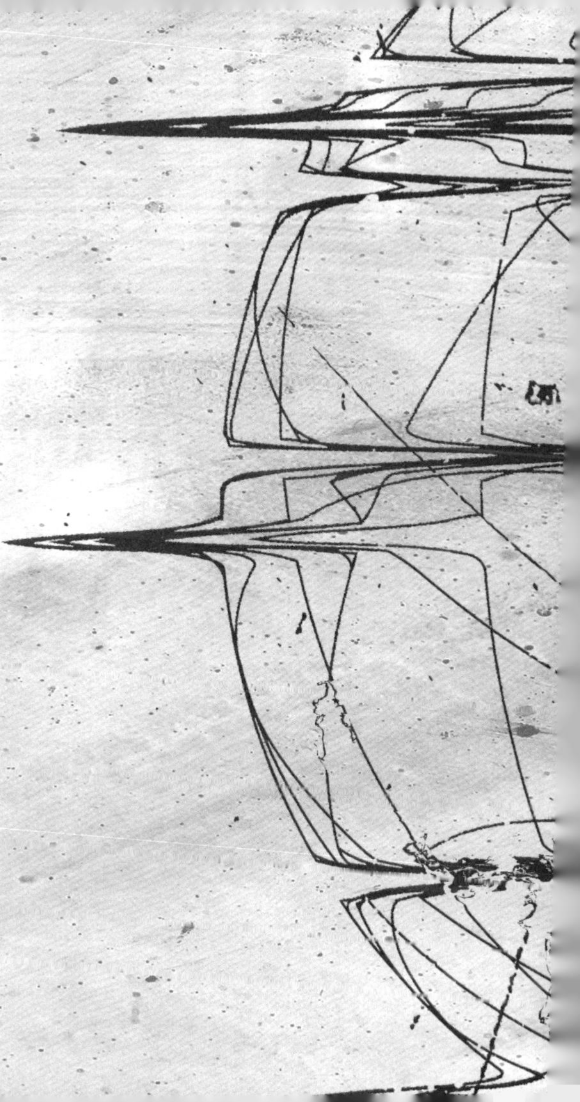

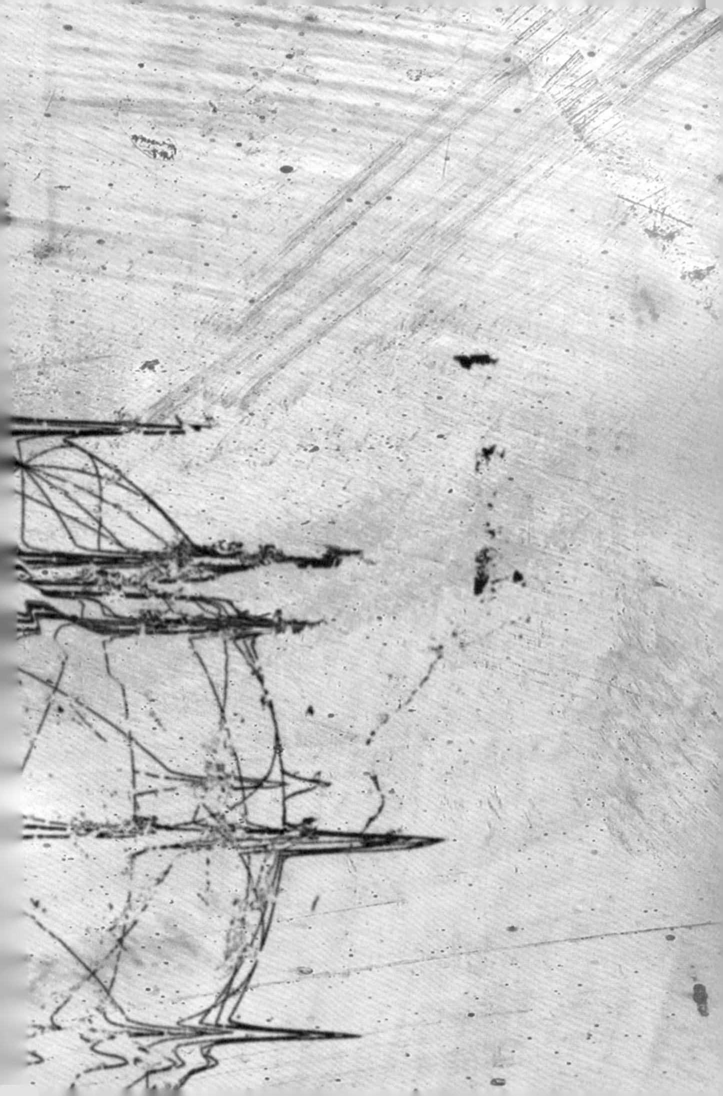

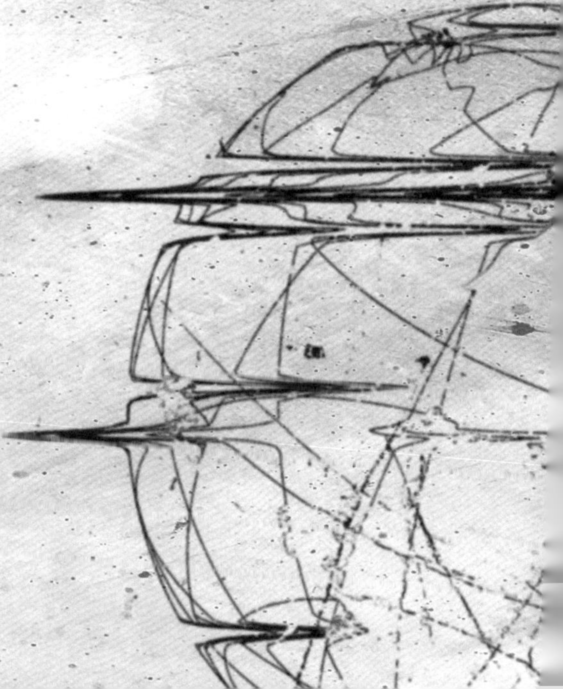

言寺 100

本週運勢

作　　者　陳昌遠
編　　輯　陳夏民
書籍設計　陳昭淵

出　　版　comma books
地址｜桃園市 330 中央街 11 巷 4-1 號
網站｜www.commabooks.com.tw
電話｜03-335-9366
總 經 銷　知己圖書股份有限公司
地　　址　台北公司｜台北市 106 大安區辛亥路一段 30 號 9 樓
電話｜02-2367-2044
傳真｜02-2363-5741
台中公司｜台中市 407 工業區 30 路 1 號
電話｜04-2359-5819
傳真｜04-2359-5493

製　　版　軒承彩色印刷製版有限公司
印　　刷　通南彩色印刷有限公司
裝　　訂　智盛裝訂股份有限公司
倉　　儲　書林出版有限公司
電子書總經銷　聯合線上股份有限公司

I S B N　978-626-7606-14-8
初　　版　2025 年 6 月
定　　價　新台幣 350 元

國家圖書館出版品預行編目 (CIP) 資料｜本週運勢 / 陳昌遠著_初版
桃園市：逗點文創結社｜2025.6_192 面 _10.5× 14.5cm （言寺 100）
ISBN 978-626-7606-14-8(平裝)｜863.51｜114003595

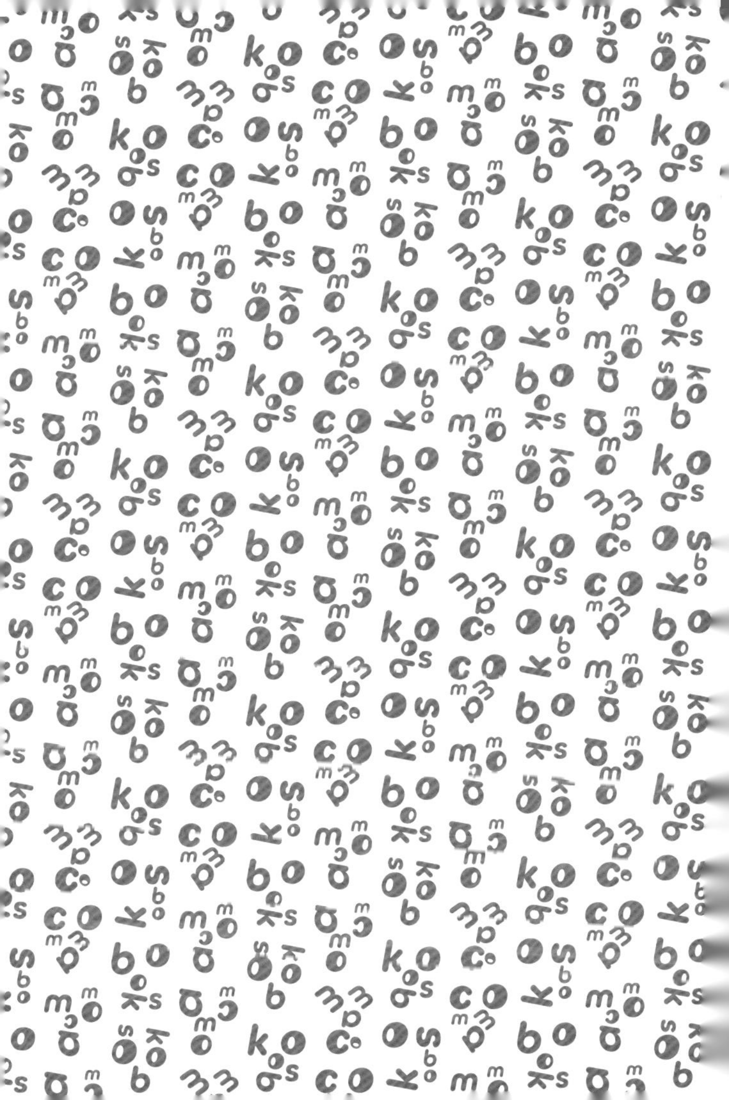

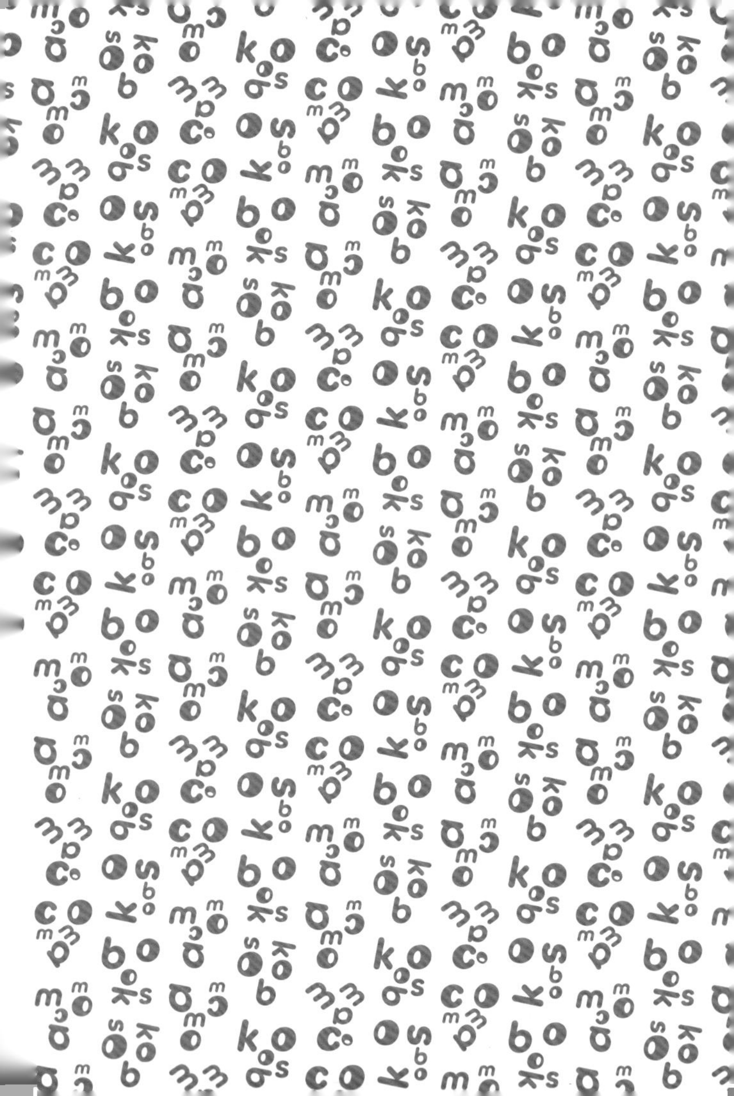